Rüdiger Schneider

Retorno

Rüdiger Schneider

Retorno

Erzählung

Bibliografische Information der Deutschen Nationalbibliothek: Die Deutsche Nationalbibliothek verzeichnet diese Publikation in der Deutschen Nationalbibliografie; detaillierte bibliografische Daten sind im Internet über http://dnb.d-nb.de abrufbar.

Herstellung und Verlag: BoD - Books on Demand, Norderstedt

ISBN: 9783757803599

1

„Panela velha é que faz comida boa!" –
Ein alter Topf macht gutes Essen!

Dieses brasilianische Sprichwort hatte
ich eines Abends zu meinem Freund
Fernando Ferrari gesagt. Wir saßen
draußen auf der Terrasse am Rio Guaíba
und sprachen über die Gefahren der
Erotik. Fernando hatte über meinen
Spruch gelacht und gekontert: „Das Auge
bleibt jung! Und mein Verhalten auch.
Solange sich süße, junge Mäuse zu mir
legen, bin ich dabei. Sei du mit deiner
Alten zufrieden. Ich brauche etwas Wildes,
Frisches."

Ich erzählte ihm von Nabokovs ‚Lolita',
wo die Anbetung einer jungen Nymphe
tragisch endet, erzählte ihm auch von der
Lächerlichkeit Goethes, der mit 74 Jahren
einer Neunzehnjährigen einen Heirats-
antrag gemacht hatte. „Immerhin", so
ergänzte ich, „sind so die Marienbader
Elegien entstanden. Mit dem schönen Satz:
‚Und wenn der Mensch in seiner Qual
verstummt, gab mir ein Gott zu sagen, was
ich leide.' Pass auf, dass es dir nicht
genauso geht oder noch schlimmer!"

Aber Fernando hatte da nur gelacht und abgewunken und gemeint: „Du kennst noch nicht die Schönheit, die einen verwundet und der man nicht widerstehen kann."

„Will ich auch gar nicht kennenlernen", hatte ich geantwortet. „Für mich ist es schön genug, im ersten Licht des Tages aufzustehen, mit einer Tasse Kaffee auf der Terrasse zu sitzen und den roten Hibiskus vor blauem Himmel zu sehen. Die Komplikationen, die du dir aufhalst, brauche ich nicht."

Der Satz ‚will ich auch gar nicht kennenlernen' war nicht ganz richtig. Er hätte heißen müssen: ‚Will ich nicht mehr kennenlernen.' Denn ich erinnerte mich an ein Erlebnis vor vielen Jahren, als ich einen Job für das Goethe-Institut in Bangkok angetreten hatte und die erste Zeit bis zum Einzug in ein Appartement im ‚Oriental' am Chayo Phaya gewohnt hatte. Da war an einem der Abende eine wunderschöne Thai, gekleidet in einem roten Sarong, an der Bar. Wir haben zusammen Mekong-whisky getrunken, gelacht, erzählt, und dann ist sie mit auf mein Zimmer gekommen. Ich habe das Radio eingeschaltet. Da kam der Song, den ich seit dieser Nacht nie mehr vergessen kann. ‚Das Model' von Kraftwerk. Ja, die Schönheit dieser Nacht hat mich verwundet, verwirrt. Ich kannte nur ihren Vornamen. Chantrapa. Am Morgen war sie verschwunden. Ich habe sie wochenlang gesucht und nicht mehr gefunden. In der Erinnerung aber ist sie geblieben als ein Erlebnis einer außergewöhnlich schönen Femininität. Oh ja, ich verstand genau, was Fernando Ferrari da gesagt hatte.

2

Verzeihung! Bevor ich sowohl Leser wie auch Leserinnen mit ersten erotischen Überlegungen überfalle, hätte ich mich zunächst vorstellen müssen. Ein Versäumnis, das ich hier nachhole. Fernando Ferrari folgt danach. Ebenso der Hauptort der Handlung.

Also, mein Name ist Hans Walkenrieder. Ich bin 62 Jahre alt, habe noch drei weitere bis zum Eintritt in eine bescheidene Rente. Man könnte mich als abgebrochenen Beamten bezeichnen, ich meine, einen Beamten mit abgebrochener

Laufbahn. Mit 32 hatte ich meine Verbeamtung, die mir ein sicheres Leben garantiert hätte, erreicht. Aber dann ließ mich ein gütiges Schicksal einen folgenschweren Fehler begehen. Ich war Kunsterzieher an einem Münchener Gymnasium, hatte es über die Anstaltsarbeit hinaus sogar zu zwei Kunstausstellungen gebracht, bei denen meine abstrakten Acrylbilder sehr gelobt worden waren. Ich gebe zu: Ich fühlte mich geschmeichelt, was indes zu einer verwegenen Hybris führte. Ich wollte nicht nur unterrichten und malen, sondern es mit einem Skandal den angesehensten Malern gleichtun. Wie macht man das? Nun, indem man sich wie Gauguin ein junges Mädchen in die Hütte holt. Ich fand eine meiner Schülerinnen außerge- wöhnlich hübsch und mit ihren 15 Jahren ziemlich attraktiv. Sie hieß Claire und ließ erkennen, dass auch sie ein gewisses Interesse an mir hatte. Unter irgendeinem Vorwand erschwindelte ich mir ein Attest, das mich für eine Woche vom Dienst befreite, konnte Claire überreden, mit mir nach Sizilien zu fahren. Sie war noch Jungfrau, hatte bald aber viel Spaß. In Palermo machte sie allerdings den Fehler, ihrer besten Freundin, die ich ebenfalls unterrichtete, eine Ansichtskarte zu schicken. Mit dem Text: „Weißt du, mit wem ich auf Sizilien bin? Huhu! Mit unserem Kunstlehrer!" Ihren Eltern hatte Claire etwas von einer Klassenfahrt erzählt. Was natürlich irgendwie stimmte, auch wenn der Teilnehmerkreis eng begrenzt war. Wegen der unbedachten Karte ist alles rausgekommen. Ich hätte in Palermo besser aufpassen müssen, was und an wen sie schreibt. Sie hätte überhaupt nicht schreiben dürfen. Aber im Taumel süßer Nächte und mit ein paar Litern Wein zuviel war ich zu sorglos gewesen. Das dicke Ende kam bald danach. Disziplinarverfahren wegen dreierlei oder sogar viererlei Vergehen. Unerlaubte Entfernung vom Dienst, eine vorgetäuschte Erkrankung, Verführung einer Minderjährigen, Sex mit einer Abhängigen. Es half nicht, dass ich argumentierte, Claire habe eigentlich mich verführt. „Mit ihrer Schönheit und dem Willen zur Lust ist sie ein Luder", sagte ich. „Ich bin das Opfer. Nicht sie."

Es half nicht. Ich wurde entlassen. Aber der liebe Gott, der den Sex ja geschaffen hat, hatte ein Einsehen. Ich konnte einen

Fortbildungskurs machen für DaF, Deutsch als Fremdsprache, und wurde bald darauf Angestellter des Goethe-Instituts, das Filialen in aller Welt betreibt. So kam ich in südostasiatische Länder, nach Bangkok, Kuala Lumpur, Singapur und dann nach Südamerika, nach Kolumbien und schließlich Brasilien. Das Schicksal hatte es gut mit mir gemeint. Statt an einer deutschen Anstalt zu versauern, lernte ich andere Länder und Kulturen kennen und konnte mich auch am Temperament, am Charme, der Lebenslust und der Schönheit der Frauen erfreuen.

Claire ist nichts passiert. Aus ihr ist eine schöne Frau mit Erfahrung geworden. Ihr Vater, übrigens Staatsanwalt am Münchener Amtsgericht, hat noch nicht einmal mit ihr geschimpft, sondern nur kopfschüttelnd gemeint: „Was willst du mit so einem alten Sack!?" Dass meine Angelegenheit von vorneherein schlecht stand, wird man bei seinem beruflichen Status und Einfluss leicht einsehen können. Immerhin war er so fair, mich ohne das Prädikat ‚vorbestraft' davonkommen zu lassen, so dass ich mir jederzeit ein unbelastetes polizeiliches Führungszeugnis ausstellen lassen konnte.

Mit zunehmendem Alter wandelte sich mein Verhältnis zu Frauen. Anders als Fernando Ferrari jagte ich in der Regel nicht mehr hinter jüngeren her, sondern bekam eine Vorliebe für ältere. Ich liebte ihre herbstliche Aura, diese noch einmal aufblühende, etwas melancholische Schönheit vor dem Weg in die endgültige Vergänglichkeit.

3

Bevor ich in das südbrasilianische Porto Alegre kam, in die Region Rio Grande do Sul, war ich vier Jahre im kolumbianischen Cartagena am Karibischen Meer. Cartagena war eine moderne Stadt geworden, aber an zahlreichen Gebäuden erkannte man noch die spanische Kolonialzeit. Meine Arbeit für das Goethe-Institut brachte es mit sich, dass ich Sprachen lernen musste. Neben dem selbstverständlichen Englischen war es vor allem das Spanische, und dann, als ich früh genug von der kommenden Aufgabe in Brasilien erfuhr, das Portugiesische, genauer gesagt das brasilianische Portugiesisch, das sich in einzelnen Wendungen und in der Aussprache vom europäischen Portugiesisch unterscheidet. Das europäische Portugiesisch klingt härter, das brasilianische musikalischer.

Sprachlich gut vorbereitet wohnte ich in Porto Alegre zunächst in einem einfachen Appartement im Zentrum der Stadt, nicht weit von der Rua 24 de Outubro mit dem Goethe-Institut, das ich fußläufig erreichen konnte. Hier hatte ich für die Língua Alemã, die deutsche Sprache, zunächst einen Curso intensivo und einen superintensivo, Alemão com música, cinema e literatura. Dieser Kurs, der Superintensivo, sollte nach nur zwei Wochen mein Leben in angenehmer Weise verändern.

In den Kursen sind in der Mehrzahl junge und mittelalte Frauen, die beruflich oder aus Liebesgründen nach Deutschland wollen. Nach einer Katastrophe im Zweiten Weltkrieg, als der wahnsinnige Kommandant eines deutschen U-Bootes ein brasilianisches Frachtschiff versenken ließ, Brasilien in den Krieg hineinzog und damit viel Leid über die deutschen Kolonien in Brasilien brachte, war nach nunmehr fast achtzig Jahren Deutschland wieder gut angesehen und stand hoch im Kurs. Im Zweiten Weltkrieg dagegen waren die deutschen Einrichtungen in Brasilien, wie etwa die Schulen, geschlossen und die Sprache verboten worden. Was indes die deutschen Emigranten und Eingebürgerten oft nicht hinderte, sich in den familiären Kreisen weiter auf Deutsch zu unterhalten. Orte mit überwiegend ursprünglich deutscher Bevölkerung sind etwa Blumenau südlich von Rio de Janeiro oder auch Gramado ganz in der Nähe von Porto Alegre. Ebenso in der Nähe von Porto Alegre gibt es den Ort Novo Hamburgo. Wenn ich hier von Nähe spreche, meine ich Distanzen von etwa hundert bis zweihundert Kilometern. Brasilien ist fast so groß wie Europa, und der Begriff ‚Entfernung‘ hat hier eine etwas großzügigere Auslegung.

Zu den sprachlich angenehmen Seiten meines Berufes gehört es, dass der Lehrer hier ‚Professor‘ genannt wird, in der weiblichen Form ‚Professora‘, was sich meiner Meinung nach schöner anhört, als würde man in Deutschland mit einem etwas schulmeisterlichen Nebenklang als

Oberstudienrat oder Frau Oberstudien-
rätin bezeichnet.

Es war nach der zweiten Stunde im
Curso Superintensivo, als die älteste
Teilnehmerin, Márcia, zu mir kam und
sagte: „Professor, können Sie mir eine
leichte Lektüre empfehlen, damit ich auch
zu Hause weiterlernen kann?"

4

Ihre Frage brachte mich in Verlegenheit.
Was war eine leichte Lektüre? Ich kannte
Márcia noch zu wenig. Sollte ich ihr leicht
zu lesende Kinderbücher vorschlagen?
‚Pipi Langstrumpf' etwa. Oder ‚Die Biene
Maja', den ‚Struwwelpeter', ‚Max und
Moritz'? Oder die KHM, Kinder- und
Hausmärchen der Brüder Grimm? Das
‚Dornröschen' wie auch das ‚Schnee-
wittchen' ließen sich leicht lesen. Und die
immer wiederkehrende Eingangsformel
‚Es war einmal' ließ sich leicht merken.
Wäre sie dann beleidigt? Während einer
ersten Konversationsrunde im Kurs kannte
ich nur ihr Motiv, Deutsch zu lernen. Sie
stammte aus einem Familienkreis, in dem
man nur Deutsch gesprochen hatte. Bald,

wie alle vier Jahre, fand in Santa Cruz ein Familientreffen statt, für das sie ihre Sprachkenntnisse, die eigentlich sehr gut waren, wieder auffrischen wollte. Von der Teilnehmerliste her wusste ich auch, dass sie schon 68 Jahre alt war. Man hätte sie aber, was das Aussehen betraf, auf mindestens zehn Jahre jünger schätzen können. Sie hatte ein sehr hübsches, faltenloses Gesicht, das von kastanienbraunem Haar umschmeichelt wurde. Sprach sie mit jemandem, lächelten ihre Augen mit entgegen kommender Empathie. Ich rettete mich aus meiner Verlegenheit, indem ich sie zu einer Tasse Kaffee einlud, um in Ruhe darüber zu reden. Sie stimmte lächelnd zu und wir gingen zum Café do Ponto gegenüber dem Markt von Porto Alegre.

„Hmm. Leichte Lektüre? Lesen sollte auch Spaß machen und nicht nur Trainingsarbeit sein. Was soll denn ein Buch bieten?"

„Oh, alles!" meinte sie. „Es darf pikant sein, abenteuerlich, spannend, philosophisch, historisch."

Pikant? überlegte ich und hatte für einen Moment Kinskis Biographie ‚Ich bin so wild nach deinem Erdbeermund' auf der Zunge, verschwieg den Vorschlag aber. Ihr einen der deutschen Klassiker zu empfehlen, Goethe oder Schiller, schien mir auch nicht richtig. Damit langweilte man deutsche Schüler. Sie rettete mich aus angestrengten Überlegungen, indem sie schlicht fragte: „Was ist denn Ihre Lieblingslektüre?" Spontan antwortete ich:

„'Nachtzug nach Lissabon'."

„Dann werde ich das lesen."

„Das Buch enthält zahlreiche philosophische Reflexionen", wandte ich ein.

„Das macht nichts", sagte sie. „Das ist besonders reizvoll. Haben Sie ein Beispiel?"

Ja. Hatte ich. Das Buch war längere Zeit mein Begleiter gewesen. Ich hatte es mehrfach gelesen, um seine Tief-gründigkeiten besser zu verstehen und kannte manche Passagen auswendig. Und so zitierte ich an diesem Nachmittag in Porto Alegre: „Wenn es so ist, dass wir nur einen kleinen Teil von dem leben können, was in uns ist – was geschieht mit dem Rest?"

Márcia lächelte. „Das ist schön", sagte sie. „Ich werde es lesen."

16

Aus dem einen Kaffee wurden zwei und drei. Dann stiegen wir auf Caipirinha um. Diese Zeremonie wiederholten wir in den Tagen danach, wenn der Kurs zu Ende war. Ich erfuhr, dass Márcia seit vier Jahren Witwe war. Ihr Mann war ein bekannter Professor der Anthropologie gewesen und auf einer Amazonas-expedition trotz Impfung überraschend vom Gelbfieber dahingerafft worden. Nach dem dritten oder vierten Treffen im Café do Ponto lächelte sie auf einmal etwas verlegen und sagte: „Darf ich Sie am Wochenende zu einem Abendessen bei mir einladen?"

Da wusste ich, dass ich einen Passierschein zu ihrem Herzen hatte.

5

Unvergessen ist der Spruch, den sie am Morgen nach der zweiten Nacht mit einem treuherzigen Lächeln zu mir sagte:

„Ich glaube, wir sind jetzt intim."

Ich weiß nicht mehr, was ich geantwortet habe. „Sehr gerne!" Oder: „Glaube ich auch." Vielleicht habe ich auch gar nichts gesagt, mich nur über diesen Satz gewundert und ebenfalls gelächelt. Vom Gefühl her hätte ich diesen Spruch schon bei dem ersten Kaffee im ‚do Ponto' anbringen können, als ich Pascal Mercier, den Autor des ‚Nachtzugs' zitierte. „Wenn es so ist, dass wir nur einen kleinen Teil von dem leben können, was in uns ist – was geschieht mit dem Rest?" Nur einen kleinen Teil von dem zu leben, was in mir war, dieses Gefühl hatte ich bei Márcia nicht. Sie entfaltete mir eine wunderbare Welt.

Bald hatte ich mein Appartement im Zentrum von Porto Alegre gekündigt, hatte das Angebot, das eher eine Bitte war, von Herzen angenommen, in ihrem Haus am Guaíba zu wohnen. Das Haus, das vielmehr eine weitläufige Villa ist mit Terrasse, Garten, einem Balkon im ersten Stock und insgesamt acht Zimmern, liegt am Rand von Porto Alegre im Bezirk Cétimo Céu, was ‚Siebter Himmel' bedeutet. Zum Goethe-Institut waren es nun fünf Kilometer. Ich durfte mir einen der beiden Wagen, die in der Garage standen, aussuchen. Den silberfarbenen Mitsubischi Pajero mit Automatikgetriebe oder den grünen Armeejeep mit Gangschaltung. Da ich mich nicht an die

Automatik gewöhnen und den linken Fuß für die Kupplung nicht vergessen konnte, entschied ich mich für das Cabrio, den Armeejeep.

Das Haus ist im südportugiesischen Stil eingerichtet, alles in warmen, mediterranen Farben gehalten. Beige, Ocker, Terracotta. Ab und zu gibt es bei den mit Naturstein belegten Böden durch Azulejos Blautöne, die an das nahe Meer erinnern. Die Möbel sind aus Pinien- oder Walnussholz. Rattan spiegelt südliche Sonne und Leichtigkeit. Goldfarbene Messinglampen bringen ein orientalisches Element. In manchem Raum ist der Boden auch aus dunkelbraunem Holz.

Für kältere Tage, die es zwischen Mai und Oktober geben kann, sind zwei Kaminzimmer eingerichtet. Zentrum der Begegnung ist die Küche mit einer großzügigen Kochinsel und der Sitzecke.

Eine Besonderheit ist ein großer Raum mit einem breitgemauerten Kamin. Hier gab es das sonntägliche Churrasco, bei dem nach Tradition der Gauchos gegrillt wurde. Zwanzig Personen konnten hier sitzen und es war gerade Platz genug für all die Freundinnen, die Márcia eingeladen hatte. Ich freute mich jedes Mal auf die

Zeremonie der Begrüßung, wenn ich die hübschen Frauen küssen und drücken durfte.

Mein liebster Platz ist auf der von Palmen und Hibiskus flankierten Terrasse. Hier stehen Tonkrüge mit Lavendel, der einen sommerlichen Duft versprüht. Über einen Swimmingpool hinweg blickt man auf den Guaíba, der sich zu einer Lagune erweitert, die sich mit dem Atlantik verbindet. Das andere Ufer mit seiner Hügelkette ist ein paar Kilometer entfernt. Es ist eine wunderbare Weite, auf die man sieht. An regnerischen Tagen, die es ab und zu gibt, kann man unter den Arkaden mit ihren weitausladenden romanischen Bögen sitzen und auf den Guaíba blicken. In der Zeit von November bis April sind die Temperaturen tropisch. Ich bewundere den roten Hibiskus vor blauem Himmel, sehe Schmetterlingen und Kolibris zu, erfreue mich an den frechen Sittichen, die in Schwärmen in die Pinien des Gartens einfallen, um an den Zapfen zu knabbern.

Schön sind auch die Abende, wenn die Zikaden zum Abschied der Sonne mit ihrem Gesang beginnen, der Feuerball hinter der Hügelkette des anderen Ufers versinkt und der Himmel mit den Farben spielt. Es beginnt mit einem samtenen Blau, wird zu einem leuchtenden Gold und führt zu einem flammenden und dann dunkler werdendem Purpurrot. Steigt dann in der beginnenden Nacht der volle Mond wie ein Teller hinter den Hügeln empor, legt sich eine magische Aura über das Land. Zauberhaft ist es auch, wenn er als Sichel am Firmament wandert, gefolgt von einer strahlenden Venus.

Meine juristische Untat von damals am Münchener Gymnasium bereue ich nicht. Claire hatte es darauf angelegt, entjungfert zu werden. Sie war willig, voller Neugierde, Lust und Freude. Ihr habe ich es zu verdanken, dass ich nun in einem Paradies sitzen kann, statt an einer deutschen Anstalt zu versauern, mich der Pensionierung entgegenzusehnen, um dann gelangweilt an der Isar spazieren zu gehen.

6

Ein arabischer Scheich hätte es nicht besser haben können und in Deutschland hätte man einen Machismo an mir bemängelt. Dem aber konnte ich nicht entgehen. Márcia, die in ihrem Berufsleben als Stewardess bei der brasilianischen Linie LATAM gearbeitet hatte, umsorgte und umhegte mich. Sie kochte excellent, hätte bei der Sendung ‚Das perfekte Dinner' mitmachen können. Selbst die Frühstücksbrote bekam ich zubereitet. Und einkaufen bei Zaffari, im nächstgelegenen Supermarkt, musste ich auch nicht. Márcia, wenn mir danach war, versorgte mich mit Whisky, Wodka, Budweiser oder Eisenbahnbier. Genauso hieß diese mir bis dahin unbekannte Marke. Ich musste mich um nichts und gar nichts kümmern, hatte keine leidige Diskussion am Hals: Wer macht arbeitsteilig was?

Für Arbeiten im Haus gab es eine Angestellte, für die Außenanlage einen Gärtner. Isabella, im reifen Alter von 48, wohnte mit im Haus, hatte ihr eigenes Zimmer. Ich war stets von zwei Frauen umgeben und fühlte mich gut aufgehoben in einem Matriarchat. Ob Pedro, unser Gärtner, ab und zu in Isabellas Zimmer verschwand und sich einem anderen Garten widmete, wenn Márcia und ich nicht da waren, weiß ich nicht. Was mich indes von einem Scheich unterschied: Ich durfte nur eine Frau haben. Mehr als eine herzliche Begrüßung ihrer zahlreichen Freundinnen duldete Márcia nicht. Diese Begrüßungen waren schön. Man konnte sich, wie in Brasilien üblich, herzen und drücken, ohne in eine ‚me-too-Debatte' verwickelt zu werden. Die Gefahr bestand eher darin, dass die Frau sagte: „Mach bitte weiter!"

Nein, nein. Dieser Teil der Aussage stimmt natürlich nicht, ist nur ein Wunschdenken von mir.

Auch die Arbeit am Goethe-Institut machte Spaß. Arbeit, lateinisch ‚labor', Mühe, Not, konnte man es nicht nennen. Mit Paulo da Silva, dem Direktor, verband mich bald ein freundschaftliches Verhältnis. Er sagte einmal: „Wenn die Deutschen dich regelgerecht in Rente schicken, bist du hier als Hundertjähriger noch willkommen."

„Dann müsstest du mich bei dem wilden Verkehr Porto Alegres allerdings abholen", meinte ich. Das mit dem ‚wilden Verkehr' stimmte in einer gewissen Hinsicht. Man musste höllisch aufpassen auf die Pizzaboten, die sich auf ihren Motorrädern mit hoher Geschwindigkeit an den Autos vorbeischlängelten. Auf meiner ersten Fahrt zum Institut wäre es fast zu einem schlimmen Unfall gekommen, hätte der rasende Biker nicht noch im letzten Moment den Lenker umgerissen und nur meinen Außenspiegel gekappt.

Die gelegentlichen Konferenzen im Institut waren angenehm, zwanglos. Im Gegensatz zu denen an der deutschen Schule, wo ich unter der kleinlichen Bürokratie und der immer häufiger vorkommenden Hirnrissigkeit gelitten hatte.

Meine Verbindung zu Deutschland blieb in einem sehr angenehmen Aspekt bestehen. Peter Wagenfeld, ein ehemaliger Kollege, hatte sich frühzeitig pensionieren lassen und eine lokale Zeitung gegründet. Das ‚Münchener Wochenfenster'. Eines Tages landete eine Email bei mir.

„Kannst du dir vorstellen, jede Woche eine Kolumne zu schreiben? Am besten über Brasilien, damit ich hier mit meinem Blatt nicht in einer lokalen Inzucht lande."

„Sehr gerne!" hatte ich geantwortet und mich bei dem Honorar mit der von ihm vorgeschlagenen bescheidenen Summe einverstanden erklärt.

24

Die erste Kolumne nannte ich ‚Amor Brasiliero'. Ich beschrieb die Herzlichkeit der Brasilianer, ihr musikalisches Temperament und bewunderte eine Nation, in der Menschen unterschiedlichster Hautfarbe und Herkunft harmonisch zusammenlebten. Ein romantischer Artikel. Ja.

Die zweite Kolumne war ein Memorial auf Pelé, der Ende 2022 gestorben war und dessen Tod ich mehr betrauerte als den fast gleichzeitigen des emeritierten Papstes. Der FC Santos, bei dem Pelé seine geniale Karriere begonnen hatte, hatte mir kostenlos Fotos zur Verfügung gestellt. Als Anmerkung schrieb ich an Wagenfeld: „Vielleicht liest das auch der Kaiser, der Franz. Die Beiden waren ja befreundet, haben zusammen bei Cosmos New York gespielt."

Die dritte Kolumne war politisch. Am ersten Januar wurde Lula, der neue brasilianische Präsident, in Brasilia in einer anrührenden und wahrhaft demokratischsymbolischen Zeremonie in sein Amt eingeführt. Der Vorgänger Bolsonaro hatte sich als schlechter Wahlverlierer gezeigt, war zu Trump in die USA geflüchtet und hatte sich geweigert Lula die Präsidentenschärpe überzustreifen. Was macht Lula? Er wählt für diese Zeremonie eine einfache Frau aus dem Volk, eine, die bis dahin mühevoll und in Not lebte, ließ sich von ihr die Schärpe umhängen. Es war ein einzigartiges Bild. Der neue Präsident neben seiner schönen, sympathischen, klugen und kompetenten Frau. Zusammen in einer symbolischen Reihe mit einem uralten Amazonasindianer, dessen Unter-lippe von einer tellergroßen Scheibe aufgespannt war, weiter einem schwarzen Indigenen, einem Behinderten auf zwei Krücken und noch anderen Menschen aus dem Volk. So etwas würde man in Deutschland, das sich seiner Demokratie rühmt, nie erleben. Wahrscheinlich wird diese dritte Amtszeit Lulas seine letzte sein. Er ist in die Jahre gekommen. Zum Schluss der Kolumne wagte ich eine Prognose. Der nächste brasilianische Präsident ist eine Frau. Janja, Lulas noch junge Frau. Ich wünsche es mir.

Kaum war Lula im Amt, erschien auch schon der deutsche Bundespräsident am Amazonas mit einem Geschenkpaket von 35 Millionen Euro. Und auch der deutsche Kanzler hatte sich angekündigt.

Die Kolumnen schrieb ich frühmorgens im beginnenden Tageslicht unter den Arkaden der Terrasse. Es waren wunderbare Stunden, bis mich dann gegen Zehn Márcia zum Frühstück rief.

7

Manchmal saß ich auch auf dem straßenwärts gelegenen Balkon im oberen Stockwerk. Von hier aus konnte man auf das gegenüberliegende Haus mit seiner großen, mit Kies belegten zur Straße zeigenden Terrasse und der stets offenen Garage sehen. Die Mauer, die die Terrasse zum Nachbarhaus hin abgrenzte, war mit kunstvollen Graffitis in der Art eines Marc Chagall besprüht, zeigte Fabelwesen, bei denen man nicht wusste, ist es ein Papagei oder eine Robbe. Die Mauer fiel von der höher gelegenen Terrasse zur Straßenseite hin etwa zehn Meter ab, war auf der Innenseite der Terrasse etwa einen Meter hoch. Hier zeigte sich tagsüber ein großer, hässlicher Hund mit braunem, zotteligem Fell. Das Vieh sah aus wie eine Mischung zwischen Wolf und Schäferhund. Unentwegt legte es seine Pfoten auf die straßenseitige Mauer, sah hinunter und verbellte vorbeistreichende Katzen oder herrenlose Hunde. Nachts war es still. Da war der Wolfshund weggesperrt.

Oft stand mitten auf der Terrasse ein feuerroter Ferrari, wie man ihn sonst in Porto Alegre nicht sieht. Gelegentlich, wenn der Wagen durch das Eingangstor gefahren war, sah ich einen Mann mittleren Alters in weißer Kleidung aussteigen, und meist war auch in einem wechselhaften Spiel eine erheblich jüngere Frau dabei.

„Wer ist das?" fragte ich Márcia.

„Ach, das ist Ferrari."

„Er heißt so?"

„Wir nennen ihn so wegen des Wagens. Aber Italiener ist er."

„Was macht er mit den jungen Frauen? Immer wieder eine andere."

„Was schon? Du kannst sie nachts schreien hören."

„Und du? Du warst schon bei ihm?"

Márcia lachte. „Ach was! Ich bin doch viel zu alt für den. Und außerdem liebt er die ganz Schlanken."

Márcia war nicht mehr ganz schlank, sprach ab und zu davon, eine Diät machen zu wollen, was ich ihr aber untersagte mit den Worten: „Raube mir bitte nicht meine erotische Fläche!"

Ich war neugierig auf diesen Nachbarn, wusste aber nicht, wie ich ihn kennenlernen konnte, bis sich eines Tages eine überraschende Gelegenheit ergab, die ich sofort ausnutzte. Ferrari war nicht zu Hause. Er war mit dem Wagen unterwegs, als vor der Einfahrt ein gelber Sedex-Lieferwagen hielt. Der Fahrer stieg aus, holte hinten aus dem Wagen ein Paket, klingelte an der Einfahrt, wartete. Er schien große Geduld zu haben, blieb mehrere Minuten dort stehen, wiederholte mehrmals das Klingeln, bis er schließlich mit den Achseln zuckte und zu dem gelben Auto zurückging. Ich sah dem Schauspiel vom Balkon aus zu und rief, als er das Paket schon wieder verstauen wollte, nach unten: „Pego o pacote e o entrego a ele!" – Ich kann das Paket nehmen und es ihm geben.

Der Sedex-Bote zeigte sich erfreut, wartete, bis ich unten bei ihm auf der Straße war, und gab mir das Paket mit den Worten „Muito obrigado!"- Vielen Dank!

Eine Stunde später steuerte Ferrari sein Gefährt durch das elektronisch sich hebende Eingangstor, stellte den Wagen mitten auf der Terrasse ab, stieg aus und mit ihm eine hübsche, junge Frau mit knapp sitzenden Shorts, bei denen sich das Schneckenhaus deutlich durch den Stoff drückte, und einer halb offenen Bluse, die süße Hügel erahnen ließ.

Ich überlegte. Das Paket jetzt oder später, wenn er wieder alleine ist? Ich entschied mich für den nächsten Tag. Natürlich habe ich bei dem Paket auf das Etikett gesehen. Ferrari hieß nicht Ferrari. Es war adressiert an Fernando Rossi. Aber ich fand den Namen Ferrari so passend, dass ich ihn in Zukunft beibehalten würde.

8

Die lustvollen weiblichen Schreie, die die Mauern von Jericho hätten zum Einsturz bringen können, hatte ich nachts schon einige Male gehört, aber nicht gedacht, dass sie von Ferraris immerhin fünfzig Meter entferntem Haus kommen könnten. Eigentlich hatte ich mir gar nichts dabei gedacht. In den Nachbarhäusern ringsum geschah es öfter, dass bei fetzigen Sambarhythmen durchgetanzt, gelacht und gefeiert wurde. Dass man dabei auch vögelte, war normal. Ich selbst war mit Márcia völlig zufrieden, fühlte mich wie ein mit Muttermilch gesättigtes Baby. Auch diese Nacht war wieder laut. Der Wolfshund war weggesperrt. Aber dafür schrie die Frau.

Am nächsten Tag war ich früh auf dem Balkon, wartete darauf, dass Ferrari seine Braut heimbringen würde, was gegen Zehn auch tatsächlich geschah. Eine Stunde später war er zurück. Ich klemmte das Paket unter den Arm, überquerte die gepflasterte Straße, winkte ihm am Tor mit dem Päckchen zu. Er stand in seinem weißen Anzug noch neben der Luxuskarosse, putzte irgendeinen Fleck mit dem Taschentuch weg. Der Köter lag daneben, sah zu. Ferrari blickte hoch, stutzte einen Moment, kam dann an das Einfahrtstor, das sich kurz darauf hob.

Jetzt sah ich ihn endlich aus der Nähe. Er hatte dichte, gekräuselte, tief angesetzte und schon leicht ergraute Haare. Ein braunes Augenpaar umrahmt von dichten Brauen musterte mich neugierig. In Statur und Aussehen erinnerte er mich an einen Filmschauspieler, an den jungen Marlon Brando. In einem Münchener Kulturkino hatte ich einmal die Filme gesehen

‚Schwere Jungs – leichte Mädchen' und ‚Endstation Sehnsucht'.

Ich sagte ihm auf Portugiesisch, dass ich ein Päckchen für ihn angenommen hätte. Er runzelte die Stirn, verstand nicht. Ich versuchte es auf Englisch. Er zeigte auf mich, fragte: „English?"

„Nein", antwortete ich. „I'm from Germany."

Da huschte ein Lächeln über sein Gesicht und er sagte: „Dann können wir Deutsch sprechen. Ich bin Fernando aus Verona. In Venetien sprechen wir nicht nur Italienisch."

Ich wiederholte mein Sprüchlein mit dem Paket, das ich für ihn angenommen hatte. Er nahm es entgegen, sah kurz auf den Absender, sagte dann: „Komm doch rein! Ich habe dich schon ein paar Mal da drüben gesehen. Vor dem Hund brauchst du keine Angst zu haben. Der tut nichts."

Er stemmte mit der rechten Hand das Paket in die Höhe. „Da ist ein schottischer Whisky drin, den ich bestellt habe. Ein ‚Glenfiddich'. Diese Highlander machen in ihren Fässern das beste Zeug. Wir probieren ihn, weihen ihn ein."

Wir waren von Anfang an per Du, als wäre es selbstverständlich. Das war seiner unkonventionellen italienischen Art zu verdanken. Ich selbst hätte gewiss mit dem zunächst abwartenden ‚Sie' begonnen. Da ich an diesem Tag erst nachmittags den Curso Intensívo hatte, würde mich Márcia fahren. Ich konnte mir also getrost ein Glas Whisky erlauben und folgte ihm in das Haus, das in etwa so groß war wie Márcias Villa, aber kein oberes Stockwerk hatte. Fernando führte mich in ein Kamin-zimmer, verschwand mit dem Paket und kam mit der Flasche und zwei Gläsern zurück. Er füllte die Gläser mit der bernsteinfarbenen Flüssigkeit zur Hälfte. Wir stießen an, und er sagte: „Auf eine gute Nachbarschaft! Schön, dass ich jetzt jemanden habe, mit dem ich mich unterhalten kann."

9

„Du wohnst bei Márcia?" fragte er. „Besuch, länger, für immer?"

Sie kannten sich also, wenn er sie bei ihrem Vornamen nannte. Ich kam mit einer Gegenfrage. „Ihr kennt euch?"

„Kaum. Wir sind Nachbarn. Sie hat sich nur einmal über das Gekläff meines Köters beschwert. Aber den Streit haben wir beigelegt. Der Hund ist übrigens eine Dame. Sie heißt Mona Lisa. Ich sperre sie nachts weg, obwohl sie gerade nachts aufpassen sollte. Sie sieht etwas wild aus, wedelt aber mit dem Schwanz, wenn ein Einbrecher kommt. Tatsächlich einmal so passiert. Seitdem ist mir die Pistole unter dem Kopfkissen lieber."

„Gefährliche Gegend hier?"

„Nein. Seitdem wir den Wachdienst haben, der seine Runden dreht, nicht mehr. Du hast es ja gesehen. Die Mauern sind hier hoch. Die Tore zu den Grundstücken vergittert. Einen Kilometer den Hügel hoch sind Favelas. Die Menschen dort sind arm, meist drogenabhängig, waren auf Raubzüge aus. Dieser Teil von Sétimo Céu heißt ‚Berg der Knochen'. War früher eine Indianer-siedlung. Hat Márcia dir das nicht erzählt?"

Ich schüttelte den Kopf. „Wusste ich nicht."

„Ist jetzt auch egal", meinte er. „Die Verhältnisse haben sich geändert. Aber den Hügel hochfahren würde ich nicht. Könnte gefährlich werden." Er wieder-holte seine Frage. „Wie lange bleibst du denn?"

„Ich arbeite in Porto Alegre. Am Goethe-Institut. Deutsch als Fremdsprache. Márcia ist sozusagen meine Studentin."

Er zeigte sich überrascht. „Die spricht doch perfekt Deutsch."

„Ja. Sie macht es mehr aus geselligen Gründen. Es ist ein Kurs mit Konversation, Musik, Filmen, Literatur. Geht ganz locker zu und macht Spaß. Was die Sprache betrifft, müssen die Studentinnen nicht mehr viel lernen. Einige wollen beruflich nach Deutschland, andere aus Liebesgründen."

„Studentinnen? Du hast viele Frauen im Kurs?"

„Im Superintensívo nur Frauen. Insgesamt zwölf."

„Schön. Und jetzt hast du dir eine der Älteren ausgesucht?"

„Die Älteste."

Fernando hob die Augenbrauen. „Ungewöhnlich", bemerkte er. „Du hast ja sicher mitbekommen, wie es bei mir zugeht. Ich bin jetzt 52. Was über dreißig ist, kommt mir nicht ins Haus."

„Du verpasst die angenehme Reife des Alters."

„Kann ich später noch nachholen."

„Lebst du nicht gefährlich? Vielleicht haben deine jungen Schönen einen eifersüchtigen Freund oder sind selbst eifersüchtig, wenn sie auf einmal keine Rolle mehr spielen. Ein Messer kann locker sitzen und eine Kugel fliegt schneller als du laufen kannst."

Ferrari winkte mit einer lässigen Handbewegung ab. „Man muss leben, ohne sich zu schonen!"

10

Fernando goss Whisky nach, wurde nachdenklich, sagte: „Eigentlich müsste ich dich beneiden. Ich bin der ewige Tourist, meinetwegen auch Privatier. Weißt du, meine Eltern waren Teilhaber einer Firma, mittelgroße Waffendynastie am Rand von Verona. Rossi und Zanetti. Ich sollte den Betrieb übernehmen. Nach dem Abitur Studium der Betriebswissenschaften. Habe ich nach dem zweiten Semester abgebrochen. Danach Beginn eines Jurastudiums. Wieder abgebrochen. Es interessierte mich nicht. Nach dem Tod der Eltern habe ich meine Firmenanteile verkauft. Ich überlegte: Was lässt du da produzieren? Was passiert damit? Mit jeder einzelnen Kugel. Es hat mich abgeschreckt. Ich habe verkauft. Seitdem gondel ich durch die Welt. Ich habe keinen anständigen Beruf, wie man so schön sagt. Aber ehrlich: So richtig Freude macht es nicht immer."

Ich war beeindruckt von seiner Offenheit, fand sie sympathisch, fragte: „Wie kommst du nach Porto Alegre? Was ist mit der Aufenthaltsgenehmigung?"

„Kein Problem. Ich hatte in Rio eine Brasilianerin kennengelernt, geheiratet. Ich habe dieses Haus hier gekauft. Aber nach einem Jahr ist die Ehe in die Brüche gegangen. Du kannst dir denken, warum."

„Nein."

„Ich konnte meine Finger nicht von anderen Frauen lassen. Das ist irgendwie magnetisch und geht, wenn man verheiratet ist, nicht gut. Na ja. Vergangenheit. Ich meine die Ehe."

„Du bist noch verheiratet?"

„Ja. Aber wir sehen uns nicht mehr. Sie heißt Miriam, wohnt in San Leopoldo. Hierhin kommt sie nicht mehr. Sie hat auch keinen Schlüssel. Ich unterstütze sie mit einem monatlichen Geldbetrag, kann bleiben, habe meine Ruhe. Den Namen

‚Rossi' darf sie ruhig behalten. Soviel zu der Aufenthaltsgenehmigung."

Er schwenkte nachdenklich den Whisky im Glas, fuhr fort: „Weißt du, manchmal überlege ich, ob solch ein Leben gescheitert ist. Portugiesisch habe ich auch nicht gelernt. Miriam sprach fließend Englisch. Die paar Brocken, die ich jetzt kann, reichen, um schöne, junge Frauen kennenzulernen. Ferrari, Haus und Geld sind natürlich auch nicht unwichtig."

„Und was machst du in deiner Freizeit", wollte ich wissen, „wenn du ausnahmsweise nicht auf einem Weib hockst?"

Er lächelte über die Formulierung. „Na ja, ich bin kein Kaninchen. Ein Esel schon. Ich habe mir eine große Bibliothek angeschafft, lese viel. Ich kann sie dir gleich zeigen. Es sind Bücher auf Italienisch, Englisch und auch auf Deutsch. Wenn du Interesse hast, kannst du dir gerne etwas ausleihen. Aber wahrscheinlich hast du selber genug Bücher."

Ich schüttelte den Kopf. „Nein, ich habe sozusagen aus dem Koffer gelebt. Zuletzt vier Jahre Kolumbien, Cartagena. Ich habe immer möbliert gemietet. Bei einem Umzug die Bücher zurückgelassen. Bis auf eins."

„Welches?"

„‚Nachtzug nach Lissabon.'"

11

„Kenn' ich", sagte Ferrari. „Raimund Gregorius, 57 Jahre alt, ist bei strömendem Regen zu Fuß unterwegs zu seinem Berner Gymnasium, wo er unterrichtet. Auf dem Weg dorthin sieht er eine Frau an einer Brücke stehen. Sie liest einen Brief, zerknüllt ihn, wirft ihn in den Fluss, macht auf Gregorius den Eindruck, als wolle sie sich das Leben nehmen. Er spricht sie an, überredet sie, mit ihm in seinen Lateinunterricht zu kommen. Es ist eine Portugiesin. Aber vor dem Ende der Stunde verschwindet die Frau. In der großen Pause verlässt der Lehrer die Schule, geht zum Bahnhof, fährt über Paris in das spanische Irun und nimmt dort den Nachtzug nach Lissabon. Richtig? So fängt die Geschichte doch an."

„Ja", bestätigte ich. „So fängt sie an."

„Aber was sucht er in Lissabon? Die Frau?"

„Möglich. Aber ist das nicht aussichtslos? Er kennt ihren Namen nicht, weiß nicht, wo sie wohnt. Es muss etwas anderes sein."

„Und was? So präsent habe ich das Buch nicht mehr."

„Die Angst davor, dass das Leben unvollständig bliebe", zitierte ich eine Stelle aus dem Roman. „Er sucht Liebe, Poesie, Verständnis, räumt mit der eigenen Vergangenheit auf", bemühte ich mich um eine Deutung. „Geht es uns nicht genauso? Nur haben wir den Gang zum Bahnhof etwas früher unternommen. Nicht erst mit 57. Du, ich weiß nicht mit wie vielen Jahren. Ich mit 32."

Ich erzählte ihm die Geschichte mit Claire. Wie ich mit einer 15-Jährigen nach Palermo durchgebrannt und aus der Schule geflogen war. Zu meinem Glück.

Ferrari lächelte, nickte, bemerkte: „Sehr schön! Manchmal muss man etwas Ungehöriges tun, damit sich das Leben dreht. Aber komm! Ich zeige dir meine Bibliothek. Du kannst dir jederzeit etwas ausleihen, wenn du Lesestoff brauchst."

Vom Kaminzimmer führte er mich durch einen Korridor zu einem Raum am anderen Ende, öffnete die Tür. Ich blieb zunächst auf der Schwelle stehen, staunte. In dem Zimmer, das etwa 20

Quadratmeter maß, zogen sich an drei Wänden die Regale vom Boden bis zur hohen Decke. Auf einer Schiene ließ sich eine Leiter verschieben, um auch an die oberste Abteilung zu gelangen.

„Komm ruhig näher!" forderte er mich auf. „Such dir was aus!"

Ich ging an den Regalreihen entlang, las die Buchrücken.

„Mach dir nichts aus dem Chaos", meinte er. „Geordnet ist hier nichts. Aber wenn ich etwas suche, finde ich es sofort."

In der Tat gab es keine Ordnung. Weder nach Gattungen noch nach Autoren in alphabetischer Reihenfolge. Da stand die Lyrik neben Sachbüchern. Dazwischen irgendein Roman oder Erzählband. Bücher auf Englisch, Deutsch und Italienisch. Ein Sammelsurium, wie ich zunächst glaubte. Aber dann erkannte ich, dass Ferrari die Weltliteratur versammelt hatte. Kaum ein Klassiker fehlte. Weder Homer noch Sophokles. Shakespeare war anwesend, Goethe und Schiller sowieso und von den Modernen in einem bunten Durcheinander Kafka, Woolf, Márquez, Joyce, Miller, Dos Passos, Camargo, Gides, Villon, Rimbaud, Kundera, Huxley, Steinbeck, Neruda,

Borges, Remarque, Conrad, Carranza, Jiménez, Rojas, Valencia und so weiter.

„Nimm dir ruhig etwas mit", ermunterte mich Ferrari.

Ich wanderte noch einmal an den Regalen in Augenhöhe vorbei, zog schließlich von William Faulkner ‚Licht im August' aus dem Regal und ‚Der Doppelgänger' von Dostojewski. Dann entdeckte ich auch Stefan Zweig. ‚Brasilien – Ein Land der Zukunft'. Ich kannte es bereits, wollte es aber noch einmal lesen.

„Du siehst" meinte Ferrari mit einem Lächeln, „dass ich nicht nur junge Frauen verführe."

„Ja", antwortete ich. „Wer so eine Bibliothek hat, darf nach Herzenslust amouröse Abenteuer ausprobieren."

12

So begann die Freundschaft mit Fernando Ferrari. An manchen Abenden kam er rüber zu unserer Terrasse, die einen unverbauten Blick auf den Guaíba erlaubte. Manchmal brachte er eine Flasche Whisky mit oder Wein aus Chile und wir diskutierten bis tief in die Nacht hinein.

Über Literatur, Philosophie, gesellschaftliche Zustände. Ich hatte das Gefühl, dass im engsten Kreis die poetische Runde der frühen Pariser Cafés oder auch der von Cartagena auferstanden war. Oft war Márcia mit dabei. Wenn nicht, wandten wir uns auch anderen Themen zu, redeten vornehmlich über Frauen, tauschten Erfahrungen aus, worin Ferrari mir weit überlegen war. Allerdings eher in der von ihm bevorzugten Altersgruppe. Ich hatte da nur meine Erlebnisse mit Claire anzubieten. Immerhin hatte die Beziehung nach dem sizilianischen Ausflug noch ein ganzes Jahr gehalten. Während ich aus der Schule rausgeworfen wurde, hat sie die Anstalt freiwillig verlassen, um in München Schauspielunterricht zu nehmen. Jahre später durfte ich sie in einigen Fernsehfilmen bewundern. Man sieht also, dass ich ihr kaum geschadet habe.

Nur einmal in den letzten Jahren hatte ich eine Beziehung zu einer Frau, die wesentlich jünger war als ich. Das war in Cartagena. Nach dem Unterricht in der Casa Cultural, wo sich das Goethe-Institut befindet, ging ich wie so oft an den Karibikstrand in das Café San Alberto. Von der Kolumbianerin, die allein an einem der Tische saß, konnte ich die Augen nicht lassen. Ihre Schönheit faszinierte mich. Die schokoladenbraune Haut, das dichte schwarze Haar, die indianischen Gesichtszüge, das viel zu enge, schwarze Top mit rundem Ausschnitt, der den Rand praller Brüste sehen ließ. Irgendwann wich sie meinem Blick nicht mehr aus, kam an meinen Tisch. So begann meine Beziehung mit Mariana, einer dreißigjährigen Indianerin vom Rio Magdalena. Ich war damals 58. An unserem ersten Wochenende in meinem Appartement am Jardin Botánico de Cartagena kamen wir aus dem Bett nicht mehr heraus und ich versäumte total geschwächt den Unterricht am Montag.

Ich erzählte Ferrari davon. „Warum hast du sie nicht mit nach Brasilien gebracht?" fragte er.

„Sie wollte ihre Arbeit nicht aufgeben. Sie hat im Supermarkt an der Kasse gearbeitet und hatte außerdem eine schulpflichtige Tochter. Es ging nicht. Und ich hatte den Marschbefehl nach Porto Alegre."

„Schade", meinte er. „Diese Indianerin hätte ich gerne kennengelernt."

„Dann ist es ja gut, dass sie nicht mitgekommen ist. Wir wären uns allerdings kaum über den Weg gelaufen. Ich würde dir nicht gegenüber wohnen. Und dass sie im Zentrum so einfach in deinen Wagen gesprungen wäre, ist unwahrscheinlich. Wie es jetzt ist, ist es doch viel besser."

13

Zu den schönsten Stunden auf der Terrasse am Guaíba gehörte die Zeit der Morgendämmerung, wenn ich unter den Arkaden saß und die Kolumnen für Wagenfeld schrieb, wozu mir Zweigs Buch über Brasilien manche Anregung bot. Wagenfeld hatte mir 200 Euro pro Monat zugesagt, aber als ich auf mein Konto sah, hatte er 400 überwiesen. Ich rief ihn an und wollte den Grund wissen.

„Die Auflage hat sich dank deiner Artikel verdoppelt", sagte er. „Du siehst, die Bajuwaren tragen nicht nur Sepplhosen. Sie freuen sich auch, wenn sie mal über den Tellerrand schauen dürfen."

Und dann schlug er vor, dass ich nicht nur eine wöchentliche Kolumne schreiben sollte, sondern das Blatt in einem Feuilletonteil um Reportagen bereichern könnte.

„Uffa!" antwortete ich. „Da fällt mir im Moment nur das Oktoberfest in Blumenau ein. Jetzt ist es aber erst Mitte Januar."

„Du wirst schon etwas finden", meinte er. „Und mache Fotos!"

Du wirst schon etwas finden. Was denn? Ich hatte keine Idee und fragte Márcia.

„Oh", sagte sie. „Da gibt es zum Beispiel den Zug ‚Maria Fuca'.

„Fuca, Rauch. Das ist eine Lokomotive mit Dampf?"

„Ja, ein alter nostalgischer Zug, der durch die Berge zu einer italienischen Siedlung fährt. Er hält an jedem kleinen Ort. Unterwegs in den Abteilen gibt es Weinproben und italienische Musik. Der startet nicht weit von hier in Gramado und fährt über Bento Goncalves ins Vale dos Vinhedos mit seinem Weinanbau."

Und gleich kam sie noch mit einem weiteren Vorschlag. „Hier in Porto Alegre gibt es Gaucho-Shows mit Churrasco."

Churrasco war das beliebte Grillen der Gauchos, wenn an riesigen Spießen Rindfleisch schmorte.

Einmal in Fahrt gekommen steuerte Márcia weitere Vorschläge bei. Die Schönheit der Serra Gaúcha mit ihren Wasserfällen, die in schäumenden Kaskaden in einen Canyon stürzen, in das hufförmige Vale de Ferradura, das man von der Seilbahn aus betrachten kann. Der Lago Negro in der Blumenstadt Gramado. Oder in Porto Alegre die Feste der Ubanda, einer afrikanischen Religion, wenn ihre Angehörigen, die afrikanische Wurzeln haben, in weißer Kleidung zum Ufer der Lagune ziehen, um Kerzen anzuzünden, den Geistern Körbe mit Wein, Sekt, Schnaps, Linsen, Mais, Süßigkeiten und Hühnern anbieten. Dabei tanzen sich die Ubandas in Trance.

Auch Ferrari steuerte einen Vorschlag bei. „Besuche doch in Rio eine Sambaschule und erfreue dich an den kreisenden Hüften und Pos. Oder verbringe eine Nacht am Strand der Copacabana. Für welches Blatt schreibst du eigentlich?"

„Für eine bayerische Zeitung."

„Auweia! Dann kannst du die Nacht an der Copacabana vergessen. So etwas dürftest du nur im ‚Playboy' veröffentlichen."

14

So schlecht ist Ferraris Idee nicht, denke ich an einem Morgen, als ich wieder in aller Frühe unter den Arkaden sitze und Zweigs Buch nach Anregungen durchsuche.

„Wer Brasilien wirklich zu erleben weiß, der hat Schönheit genug für ein halbes Leben gesehen."

So schreibt es Stefan Zweig 1941 in seinem Buch ‚Brasilien – Land der Zukunft'. Da war er vor den Nazis in das brasilianische Petrópolis, das etwa 80 Kilometer nördlich von Rio liegt, geflohen. Schon 1934 standen seine Schriften auf der Liste der Bücher, die verbrannt werden sollten.

Um den Hibiskus tanzen die ersten azurblauen Schmetterlinge und die ersten Kolibris besuchen die Tankstelle. Die Tankstelle ist eine kleine Glassäule, die mit Zuckerwasser gefüllt ist und an einer Palme hängt. Unten, an den Seiten, befinden sich Plastikblüten mit einem winzigen Loch. Wie Hubschrauber stehen die Kolibris mit schwirrenden Flügeln davor, stecken ihren spitzen Schnabel hinein, saugen. Sind die Kolibris fort, kommen die Spatzen.

Wagenfeld hat mir 200 Euro pro Reportage zugesichert. Für Rio wäre das nur ein Reisekostenzuschuss. Die Entfernungen sind riesig, das Flugzeug das bevorzugte Transportmittel. Brasilien ist 24 mal so groß wie Deutschland. Vom südlichen Porto Alegre ins nördliche Belém sind es 4000 Kilometer. Und damit ist die Nordsüdachse noch nicht ausgemessen. Bis Rio sind es immerhin 1600 Kilometer. Aber in Rio eine Sambaschule besuchen? Oder eine Nacht an der Copacabana? Warum nicht!? Aber vielmehr reizt mich zunächst Petrópolis mit dem Stefan Zweig-Museum. Solch eine Reportage könnte man den Bajuwaren zumuten statt über orgiastische Nächte am Strand zu berichten. Aber eine Reportage über das Exil von Stefan Zweig endet mit einem traurigen Kapitel. Nach der irrsinnigen Tat des deutschen U-Boot-Kommandanten war der zuvor in Brasilien hoch angesehene Autor nicht mehr so willkommen. Zusammen mit seiner Frau hat er mit Veronal Selbstmord begangen. Das Bett, in dem das geschah, will ich mir nicht ansehen. Ich werde auf diese Reportage verzichten.

Márcia hat einen anderen Vorschlag. Eine Freundin von ihr hat in der Nähe von Santa Cruz eine Hazienda, wo sie unter anderem auch Hanf anbaut. Bis Santa Cruz sind es nur 200 Kilometer. Es ist Erntezeit. Blühenden Hanf habe ich noch nicht gesehen. Sie zeigt mir auch ein Foto von Marly, ihrer Freundin. Da freue ich mich darauf, bei der Begrüßung wieder eine hübsche Brasilianerin an mich drücken zu dürfen und ihr über den Rücken zu streichen.

Ob das ‚Münchener Wochenfenster‘ eine Reportage über blühenden Hanf nimmt? Egal. Mit einer kleinen Ernte werden wir nach Porto Alegre zurückkehren. Ein Tabakpfeifchen habe ich schon und auch einen hölzernen Grinder, mit dem man die Blüten zermahlt, um sie rauchen zu können.

15

Ich bin so gemein und zähle die Frauen, die Ferrari im Monat Januar nach Hause bringt. Es sind fünf, eine schöner und jünger als die andere. Wie macht er das bloß? Bezahlt er sie? Ich weiß es nicht, will ihn mit so einer Frage nicht verletzen. Dass die Frauen ihren Spaß haben, höre ich. Irgendwann wird das schiefgehen. Dann hat er entweder ein Messer in der Brust oder eine Kugel im Kopf.

Ein riesiges Fresko an einer Tempelwand in Bangkok fällt mir ein. Die Frau als Gefahr, Falle und Verführerin. Das hatte einer der buddhistischen Mönche zur Warnung gemalt. Eine Frau hält einen Angelhaken zwischen den Lippen. Am Haken zappelt ein schreiender Mann. In Gedanken, als ich das Wandbild betrachte, ersetze ich die Angel durch ein Kirschenpaar, das die Frau im Mund hält. Gäbe es keine Frauen, gäbe es auch keine Mönche. Frauen sind doch einfach zu süß, als dass man sie mit einem Angelhaken zwischen den Lippen darstellt. Wie kann man Gottes beste Schöpfung nur so verunstalten!

Manchmal fährt Ferrari allein an den Strand nach Torres. Mir hat er den Hausschlüssel und einen zweiten elektronischen Toröffner anvertraut. „Du bist eine Leseratte", hat er gemeint. „Wenn du willst, kannst du jederzeit in die

Bibliothek gehen und dir ein Buch ausleihen." Den Faulkner und den Dostojewski hatte ich ihm bereits nach einem Tag zurückgegeben. Zu den gelegentlichen Fahrten nach Torres sagt er: „Ich muss mich erholen." Dann habe ich die Aufgabe, Mona Lisa zu füttern. Mitnehmen kann er sie nicht. Das ist im Hotel, das er besucht, nicht erlaubt. Einmal hatte ich ihn gefragt, wie er ausgerechnet auf so einen Namen für einen Hund kommt.

„Die Mona Lisa ist genauso hässlich. Oder hältst du sie etwa für schön? Außerdem lächelt sie nicht, sondern grinst. Was da Vinci gemalt hat, könnte auch ein Kerl sein. Ich verstehe nicht, wie man so etwas zum teuersten Gemälde der Welt hochjubeln kann."

Einmal, Ende Januar, ruft mich Mariana aus Cartagena an. Ich habe das Smartphone auf laut gestellt. Wir unterhalten uns auf Spanisch. Sie will mich in Porto Alegre besuchen.

„No puedo. Estoy en buenas manos," sage ich. – Geht nicht. Ich bin in festen Händen.

Besonders traurig scheint sie nicht zu sein. Bestimmt hat sie schon lange Ersatz

52

für mich gefunden. Bei ihrem Temperament und ihrer indianischen Schönheit! Márcia bekommt einen Anflug von Eifersucht. Ich beschwichtige sie. „Nein, nein, da ist nichts. Das war in Kolumbien. Ich setze doch unsere Beziehung nicht aufs Spiel."

Das war ehrlich gemeint. Halb im Scherz sagt sie: „Treib es bloß nicht wie der da drüben!" Sie meint Fernando Ferrari.

Von Marlys Hazienda haben wir eine Platte gepresste Hanfblüten, die man hier Maconha nennt, mitgenommen. Am Abend unserer Rückkehr von Santa Cruz trinken wir Prosecco und stopfen uns ein Pfeifchen. Die Welt wird leicht und lustig. Es ist warm, fast dreißig Grad. Als am Firmament die ersten Sterne aufflammen, ziehen wir uns aus, baden nackt im Pool. Márcia hält sich mit beiden Händen an der Einstiegsleiter fest, schwebt im Wasser auf dem Rücken. Ich schiebe ihr die Beine auseinander, besuche den besten Ort der Welt.

16

Ich bin ein botanischer Banause. Im Biologieunterricht früher habe ich geschlafen, mich weder für die Mendelschen Gesetze, noch für Pflanzen oder Zoologie interessiert. Bei der Blütenpracht rings um Márcias Terrasse und im Garten tut es mir leid, diesen zauberhaften Geschöpfen bis auf den Hibiskus und die Rosen keinen Namen geben zu können. Was im Garten an Obst wächst, kenne ich. Bananenstauden, Mango-, Apfelsinen- und Zitronenbäume. Ein Baum aber fällt mir besonders auf. Aus der Rinde des Stammes wachsen zunächst grüne Beeren, die man, sind sie schwarz geworden, pflücken und essen kann. Sie schmecken wie sonnenreife schwarze Johannisbeeren. Sie heißen Sabará. Man kann ein köstliches Gelee aus ihnen machen, es mit Chili verfeinern. Der Baum selbst hat den Namen Jabuticaba.

Bei den Tieren konnte ich bald die unterschiedlichsten Vögel benennen. Den Gaviau, einen Fischreiher, der sich vom Wind tragen lässt und majestätisch über dem Guaíba schwebt. Den bunt schillernden Bemtiví, der mit seinem lauten Ruf zu verkünden scheint: „Ich sehe dich gut!" Er ist im Portugiesischen nach seinem Ruf benannt. Weiter sind da die türkisschimmernden Kolibris, die sattgrünen lärmenden Sittiche und die Spatzen, die anders als in Deutschland nicht grau sind, sondern einen sonnengelben Bauch haben, und ab und zu taucht auch ein blaugrauer Honigfresser auf.

Da ich glaube, dass man die Dinge erst richtig wahrnimmt, wenn man sie benennen kann und sie sonst in einer namenlosen Anonymität bleiben, ließ ich mir von Márcia all die Blumen- und Blütennamen sagen. Von da an kannte ich den blauen, brasilianischen Nachtschatten, den venezolanischen roten Mantel, die violettblaue Verbena, die purpurfarbene, lanzenförmige Vriesea, die violette Bougainvillea, die schneeweißen Blüten des Cherry- und die dunkelroten des Korallenbaums, den sternförmigen lilafarbenen Lavendel, die zarten, weißen Schleier des Vervains, den dunkelblauen Bachelor-Knopf, die flammendrote Flamingoblume, die Clivia mit ihren orangeroten Dolden und eine andere

Clivia-Staude mit weißgelben, trompeten-förmigen Blüten.

Die Orchideen sind nicht so vielfältig vertreten, als dass man sie sich nicht merken könnte. Ich habe nur vier Arten entdeckt unter den tausenden von Möglichkeiten. Die rote ‚Exotic Dream‘, die lilafarbene ‚Newberry‘, die orangene ‚Laranja‘ und die goldene ‚Fortune‘, auch ‚Golden Belle‘ genannt.

Von den Bromelien, auch als Ananasgewächse bezeichnet, mit ihren sternförmigen Blattrosetten, haben wir nur zwei Arten: die Guzmanie und die Tillandsia. Ab und zu sitzt im Blattkelch ein kleiner, leuchtend grüner Frosch mit orangefarbenen Ringen um die Augen, ein sogenannter ‚Baumsteiger‘, der zuvor nur in Costa Rica heimisch war, aber im Laufe der Zeit den Grenzübertritt geschafft hat.

17

An einem der Abende kam auch Ferrari und brachte eine Flasche ‚Chivas Regal‘ mit. Márcia, die meinen Umgang mit dem Nachbar nicht gerne sah, ließ uns alleine. Ich zerbröselte mit dem Grinder etwas

Maconha, stopfte das Pfeifchen, auf dessen Kopf ein mit Federn geschmückter Indianer abgebildet ist. Fernando füllte die Gläser. An diesem Abend diskutierten wir nicht über Literatur, Musik, Malerei, tauschten auch keine Aphorismen über Frauen aus, sondern lästerten über gesellschaftliche Befindlichkeiten. Je mehr wir in den Rausch des Alkohols und des Maconhas kamen, desto seltsamer wurden die Bemerkungen. Ich begann mit:

„Die Poesie ist in Deutschland verloren gegangen. Der schönste und beste Gedichtband wird noch nicht einmal mit einer Scheibe Holländer aufgewogen."

„Italien ist nicht besser", bemerkte Ferrari. „Oder doch? Ein bisschen. Ich glaube, wir sind etwas entspannter."

„Krise, Krise über alles!"

„Bunga, bunga, Berlusconi!"

„Gong! Hier ist die Tagesschau. Es spricht der liebe Gott."

„Da Vinci hat den Panzer erfunden."

„Hoffmann beim Struwwelpeter die Geschichte vom besorgten Karl vergessen."

„Im Vatikan beklagt man die totale Säkularisation."

„Schützen Sie die Vulnerablen mit Einsamkeit im Heim."

„Oh seliger Balkon in Verona!"

„Bitte lachen Sie nur im Karneval!"

„Oder über die Regierung."

„Wer sich boostern lässt, bekommt einen Hamburger."

„Ich möchte meine Lira wieder haben."

„Zersägen Sie den Euro. Dann haben Sie zwei."

„Zu Sylvester bitte nur noch leise singen. Vergessen Sie die Maske nicht!"

„Whisky in die Weihwasserbecken!"

„Wer nicht zum Säufer wird, hat einen Defekt."

Ferrari war eingenickt, begann leise zu schnarchen. Ich murmelte noch eine Weile weiter.

„Passen Sie auf Viren auf! Wir finden jeden Tag neue."

„Wir unterstützen unsere Rentner beim Flaschensammeln."

„Volksentscheid? Was ist das? Das Volk hat bereits entschieden, und jetzt machen wir, was wir wollen."

„Sparen Sie Energie! Lassen Sie sich einfrieren."

In dieser Weise belustigte ich mich noch eine Weile und schlief dann weit nach

Mitternacht wie Ferrari auf dem Terrassenstuhl ein. Gegen Drei rüttelte mich Márcia an der Schulter wach.

„Komm endlich ins Bett!"

18

Die Kolumne über die Hanf-Hazienda mit der reichen Ernte an THC-haltigen Blüten habe ich nie geschrieben. Ein anderes Ereignis zerriss am 8. Januar für ein paar Tage die beschauliche Idylle am Guaíba. Márcia und ich saßen Tag und Nacht vor dem Fernseher, sahen die Nachrichten und Bilder von ‚GloboNews', lasen die Laufzeilen mit immer neuen Meldungen.

Ein entfesselter Mob von mehreren tausend Bolsonaristas, den Anhängern des vorigen Präsidenten Bolsonaro, hatte sich in Brasília auf das Regierungsviertel zubewegt und war in die Gebäude des Präsidentensitzes, des Kongresses und des Obersten Gerichtshofes eingedrungen und zerstörte dort alles, was zwischen die Finger kam. Sicherheitsbarrieren wurden als Rammböcke benutzt, um Scheiben zu zersplittern, Mobiliar wird zertrümmert

Computer werden demoliert, wertvolle und unersetzbare Gemälde, Skulpturen und Dokumente vernichtet. Sogar auf den Dächern tanzten sie herum, rissen Dachplanken aus, feierten johlend ihr anarchisches Chaos. Begleitet wurde der Mob von einigen Militärpolizisten, die lachten und Videoaufnahmen machten. Es sah verdammt nach Militärputsch aus. Erst gegen Abend erschienen Hundertschaften der Polizei. Hubschrauber kreisten und sprühten Tränengas. Nur langsam gelang es, den entfesselten Mob zurückzudrängen und erste Verhaftungen begannen. Was die Gründerväter der brasilianischen Republik auf die Nationalflagge geschrieben hatten, nämlich ,Ordem e Progresso', Ordnung und Fortschritt, war für bange Stunden ins Gegenteil verkehrt.

Bolsonaro hatte sich als geistiger Brandstifter rechtzeitig in die USA zurückgezogen und es hieß, dass Trumps Guru ihn beraten hätte. Bolsonaro hatte seine Wahlniederlage nicht anerkannt und wie der damalige amerikanische Präsident von Wahlbetrug gesprochen. Noch vor seinem Abflug hatte er zum Kampf gegen den gerade vereidigten neuen Präsidenten Luiz Inácio Lula da Silva aufgerufen.

In den Tagen nach dem Vandalismus begann die Analyse. Wer sind die Drahtzieher dahinter? Wer hat die Bolsonaristas, die zwei Monate vor der Kaserne unbehelligt kampieren durften, versorgt? Wer hat die Busse bezahlt, die aus ganz Brasilien an diesem verhängnisvollen Sonntag angereist kamen? Bolsonaro gibt in Florida Interviews und wäscht seine Hände in Unschuld.

Der Gouverneur von Brasília wird für drei Monate in Urlaub geschickt, der Sicherheitschef entlassen. Aber Politiker, Militär und Polizei sind durchseucht mit Bolsonaro-Anhängern und der Mob, der die Regierungsgebäude verwüstet hat, gibt sich weiterhin kämpferisch. Der Schleier einer ungewissen Zukunft legt sich über unser Gemüt. Der Mob mit seinen Anheizern existierte weiter.

Was passiert, wenn sich Mob und Militär verbinden, kannte ich aus der Geschichte Kolumbiens. Da lag 1948 nach der Ermordung des liberalen Präsident-schaftskandidaten Gaitán die Hauptstadt Bogotá unter Schutt und Asche. Auf den Straßen häuften sich die Leichen-pyramiden. Der Traum vom sozialen

Wandel war ausgeträumt. Liberal Denkende wurden gejagt, eingesperrt, hingerichtet.

Peter Wagenfeld nahm für seine Zeitung den Bericht gerne. Eine andere nachfolgende Kolumne lehnte er allerdings ab. Da hatte ich über das Heer der Beamten und Politiker in Brüssel geschrieben. Die hatten sich in kurzem Zeitabstand zweimal das Gehalt erhöht, um die Inflation aufzufangen. Spitzenleute kamen auf 36 000 Euro. Nicht im Jahr, sondern im Monat. Was sie sich sonst noch nebenbei an Geld herausfischten, war unbekannt. Wie schön, wenn man sich die eigenen Gesetze machen kann!

Da Wagenfeld diesen Artikel nicht genommen hatte, dachte ich: „Du kannst mich mal! Du bekommst keine einzige Reportage. Schreibe selbst über Bierkrüge stemmende Bajuwaren beim Oktoberfest!"

19

Fernando Ferrari kümmerten die politischen Verhältnisse nicht. Er hatte andere Sorgen, hatte sich einen Tripper eingefangen und sich einer antibiotischen

Rosskur unterzogen, was ihn indes nicht hinderte, Ende Januar mit zwei jungen Frauen aufzutauchen.

Nach zwei Tagen läutete er die Glocke bei uns. Er sah müde und abgekämpft aus.

„Ich fahre nach Torres", sagte er. „Ich muss mich erholen. Pass bitte auf Mona Lisa auf."

Vom Balkon aus sah ich ihm nach, wie er davonfuhr. Die Tragödie, die sich danach ereignete, kann ich nur rekonstruieren. Anhand eines Telefonates und des Polizeiberichts.

Er fuhr zügig durch bis zu einer Tankstelle und Raststätte bei Osorio. Als er sich einen Kaffee bestellte, sprach ihn eine junge Mulattin an, bedeutete ihm in welcher Sprache auch immer, er möge sie mit nach Torres nehmen. Sie ist achtzehn, vielleicht auch schon zwanzig.

Der Mann an der Kasse, der das mitbekommen hat, schüttelt den Kopf, bewegt den Zeigefinger wie einen Scheibenwischer durch die Luft, erklärt in einem feinen Englisch: „Bloß nicht! Sie ist die Tochter des Drogenbosses von Osorio."

Ferrari nickt, fährt alleine weiter, hat aber immer das Bild dieses verteufelt schönen, lustigen und etwas verrückten Mädchens vor Augen.

Das Autoradio spielt in voller Lautstärke. Das Verdeck ist runter. Im zweiten Gang fährt er 150. Der Motor heult. Der Wind fegt um die Ohren. In irgendeinem Sender kommt fetzige Musik, mit pulsierenden Rhythmen und Akkorden. Bronski-Beat mit ‚Smalltown Boy'. Immer wieder hört er diesen Refrain ‚turn away', ‚turn away'. Er übersetzt sich das mit ‚dreh um', ‚dreh um'. Dann taucht am Rand der Fahrbahn das große, gelbe Schild auf. ‚Retorno'. An der Ausfahrt kann man drehen, die Gegenrichtung nehmen. Er hat das Bild der rassigen Mulattin wieder vor Augen. Sie verspricht orgiastische Gefühle, die er noch nicht gekannt hatte. Was für ein Weib! Er dreht, fährt zurück zu der Raststätte. Sie sitzt vor dem Restaurant auf einer Bank, versteht, springt auf, als er vor ihr hält, hüpft ihm fast über die Wagentür ins Cabrio. Er gibt Gas. Der Motor heult. Im ersten Gang ist er rasch auf hundert. Er nimmt sie mit nach Torres in sein Stammhotel ‚Farol'. ‚Farol' heißt ‚Leuchtturm'. Den Wagen stellt er in der Tiefgarage ab, erledigt an der Rezeption mit einem großzügigen

Trinkgeld die Anmeldung, eilt mit der Mulattin in seine Suite.

Ein paar Stunden später ruft er mich an.

„Aus der Erholung wird nichts", sagt er. „Guck mal, was ich gefunden habe!"

Er dreht das Smartphone von sich weg zu dem Mädchen, fordert es auf: „Wink dem Onkel mal!"

Zuerst versteht sie ihn nicht. Aber dann muss er ihr das Zeichen vorgemacht haben. Sie lacht, winkt mir zu. Ich winke aus Höflichkeit zurück.

Ja, sie war außergewöhnlich schön, geheimnisvoll, magnetisch. Erklären kann ich das nicht.

„Sie ist die Tochter des Drogenbosses von Osorio", erzählt mir Ferrari. „Der Mann an der Kasse hat mich gewarnt. Zuerst bin ich alleine weitergefahren. Aber dann kam dieser Song. ‚Smalltownboy' mit dem Refrain ‚turn away', ‚turn away' und das Schild ‚Retorno' tauchte auf und ich bin umgedreht. Jetzt bin ich mit ihr hier im Hotel. Aus der Erholung wird nichts."

„Du bist wahnsinnig", sagte ich. „Der Vater wird sie suchen."

„Ach was! Der weiß doch gar nicht, wo wir sind."

„Du spinnst. Ein Drogenboss hat überall seine Finger drin."

Ich kannte den Song ‚Smalltownboy', sagte: „Der Refrain heißt nicht ‚turn away', sondern ‚run away', hau ab. Du hast dich verhört."

Ferrari lachte nur, sagte: „Schöne Frauen sind nichts für Angsthasen."

Dann war das Gespräch zu Ende.

20

Am frühen Abend des nächsten Tages, als ich für Mona Lisa gerade das Trockenfutter in den Napf schüttete, läutete an der Einfahrt die Glocke. Ich ging hin, sah durch die Gitterstäbe einen gut gekleideten Mann mittleren Alters dort stehen. Er trug einen beigen Tropenanzug. Als ich auf der anderen Seite der Gitterstäbe mit einem fragenden Gesichtsausdruck vor ihm stand, hielt er mir einen Ausweis entgegen: „João Torres, comissário, Polícia Criminál."

In einer unangenehmen Vorahnung nickte ich, sagte „Por favor, entre!" und öffnete das Tor. Schweigend gingen wir ins Haus, in jenes Kaminzimmer, in dem mir Ferrari das erste Glas Whisky angeboten hatte. Wir unterhielten uns auf Portugiesisch.

„Wer sind Sie?" fragte er.

„Ich bin der Nachbar von Herrn Rossi, betreue den Hund."

Er erzählte mir, was vorgefallen war.

Fernando war am Morgen gegen Zehn mit dem Ferrari und der Mulattin aus der Tiefgarage gefahren, hatte oben, wo die Ausfahrt auf die Straße trifft, gehalten, als ein maskierter Motorradfahrer vor dem Wagen stoppte und Fernando mit einer Salve aus einer Maschinenpistole niederstreckte. Dann brauste der Fahrer davon. Der Portier, der vor dem Hoteleingang stand, hatte die Szene beobachtet. Der Mulattin war nichts passiert.

„Er ist verheiratet, nicht wahr?" fragte der Kommissar.

„Ja, aber sie leben getrennt."

„Sie kennen sie?"

„Nein. Aber ich weiß, dass sie in San Leopoldo wohnt. Sie heißt Miriam Rossi."

„Danke. Das finden wir."

„Glauben Sie, dass sie etwas damit zu tun hat?"

„Das wird sich herausstellen."

„Sie wird nichts davon gewusst haben. Sie leben seit Jahren getrennt. Ihr war egal, was er macht, solange er monatlich die Unterstützung gezahlt hat."

Der Kommissar sah mich prüfend an, nickte dann: „Ja, danke für die Information. Wo waren Sie gestern Abend und heute Morgen?"

Ich war verblüfft über die Frage. Dachte er, dass ich etwa…? Ja, hätte sein können. Ich mache mit der Ex von Ferrari gemeinsame Sache, um mir Haus und Frau unter den Nagel zu reißen.

„Nein, nein", sagte ich. „Ich habe damit nichts zu tun. Ich wohne dort drüben auf der anderen Straßenseite bei meiner Freundin. War gestern Abend bei ihr und auch die ganze Nacht, und heute Morgen hatte ich um Elf einen Kurs im Goethe-Institut. Ich arbeite dort. Ich kann unmöglich in einer Stunde von Torres nach Porto Alegre kommen."

Er reagierte wieder mit einem bedächtigen Nicken. „Schon gut. Aber wir müssen das überprüfen. Haupt-verdächtiger ist der Vater des Mädchens. Wir haben sie zu ihm gebracht. Er ist für uns kein Unbekannter. Vor allem wegen der Drogen. Aber wir konnten ihm bisher nichts nachweisen. Auch jetzt nichts."

Ich erzählte ihm von meinem Telefonat mit Fernando, fragte: „Woher könnte der Vater gewusst haben, wo seine Tochter ist?"

„Ganz einfach. Sie hatte ein Handy dabei. Er hat es geortet."

Bevor er sich verabschiedete und ich ihn zu dem Tor begleitete, sah er mich noch einmal prüfend an und fragte: „Sie haben die Adresse oder Telefonnummer von Rossis Frau?"

„Nein. Aber geben Sie ihr bitte meine. So weit ich weiß, hat Herr Rossi ihr keinen Schlüssel für das Haus und keinen Öffner für das Tor gegeben. Sie könnte sonst nicht hinein. Ich denke, sie ist ja die Erbin von allem."

21

Miriam Rossi rief mich am nächsten Tag an. Wir verabredeten uns im Haus von Márcia. Miriam war eine sehr schöne Frau mit höflichen Umgangsformen. Sie war etwa 40 Jahre alt. Du bist ein Dummkopf, Fernando, dachte ich, wenn du so etwas laufen und dich dann vom Vater einer Mulattin erschießen lässt.

Ich wollte ihr den Schlüssel für das Haus und den elektronischen Öffner für das Tor geben, erklärte, warum Fernando den Zutritt für mich möglich gemacht hatte.

„Ich durfte mir Bücher aus seiner Bibliothek ausleihen und dann, wenn er in Torres war, mich um den Hund kümmern."

„Kommen Sie doch bitte mit. Alleine will ich nicht hinein."

Sie überließ mir Öffner und Schlüssel, betrat hinter mir das Haus. Hier warf sie einen kurzen Blick in alle Zimmer, blieb in einem etwas länger. Es war das Arbeits- und Bürozimmer von Fernando. Sie kam mit einer Ledermappe zurück.

„Sie haben Interesse an den Büchern?" fragte sie mich.

„Ja."

„Sie können alle haben. Ich kann damit nichts anfangen."

„Oh, danke! Gerne."

„Aber nur unter einer Bedingung."

„Welche?

„Sie müssen auch den Hund nehmen."

Ich zögerte keinen Moment. Wer bekommt schon eine Bibliothek geschenkt und eine Mona Lisa dazu!? In Márcias Haus war genug Platz für die Bücher. Ich würde Ferraris Regale ab- und sie in einem unserer beiden Kaminzimmer wieder aufbauen. Mitsamt der Leiter, um auch an die Bücher ganz oben zu kommen. Den Hund würde ich ihr schon schmackhaft machen. Sie hatte ja selbst ab und zu davon geredet, sich einen Rottweiler als Wachhund anzuschaffen. Dass Mona Lisa bei einem Einbrecher nur mit dem Schwanz wedelt, würde ich verschweigen. Waren wir irgendwohin auf Tour, konnte sich Isabella, unsere Hausangestellte, um den Hund kümmern. Das war also kein Hindernis.

Márcia war mit allem einverstanden. „Wir brauchen keine zwei Kaminzimmer", sagte sie. „Der Hund ist zwar nicht besonders schön, aber meinetwegen."

22

Der Abschied von Fernando Ferrari fand eine Woche später statt in Porto Alegre, in der Kapelle des Cemitério

Municipal São João. Miriam hatte alles organisiert. Auch den Priester, der sprechen und segnen sollte. Ferrari war katholisch.

„Es gibt eine kleine Überraschung", hatte mich Miriam vorbereitet. „Samba. Er will eine fröhliche Verabschiedung. Ich habe das in einer Verfügung gefunden, falls es eine Bestattung gibt. Der Priester wird in seiner Rede nicht viel sagen. Ich weiß nämlich nichts, konnte ihm kaum Informationen geben."

Falls es eine Bestattung gibt. Hatte er es so formuliert? Dieses ‚falls'. Jeder wird irgendwie irgendwann bestattet. Es ist unvermeidbar. Das Leben läuft darauf zu. Da gibt es kein ‚falls'.

Nur Miriam, Márcia und ich waren in der Kapelle anwesend, durften einen letzten Blick in den offenen Sarg werfen. Fernando lag friedlich da mit einem etwas erstaunten Gesichtsausdruck. Die von Kugeln durchsiebte Brust war zugedeckt. Dann kam mit feierlicher Miene der Priester in schwarzer Soutane und begann auf Portugiesisch seine kurze Rede.

„Wir nehmen heute Abschied von unserem lieben Mann und Freund Fernando Rossi. In blühendem Alter wurde er mitten aus dem Leben gerissen. Seiner Frau war er ein treuer Mann, seinen Freunden ein zuverlässiger Partner. Auch zu Tieren war er liebevoll. Waren sie hässlich, gab er ihnen einen schönen Namen. Er war sehr friedfertig. Die Waffenfabrik seiner Eltern hat er verkauft. Möge seine Seele nun dort wohnen, wo Gott ist…"

„Und es hübsche Engel gibt", fügte ich leise hinzu.

Der Priester fuhr fort und kam damit auch zum Ende: „Lasset uns nun für den Verstorbenen gemeinsam ein ‚Vater unser' und ein ‚Ave Maria' beten.

Nach den Gebeten, die mehr gemurmelt als gesprochen wurden, ertönte plötzlich von einer Stereo-Anlage flotte Musik, die überaus rhythmische Samba-Version von Zeca Pagodinhos ‚Deixa a vida'. Der Priester, als sei der Teufel hinter ihm her, verließ fluchtartig die Kapelle, während Zeca aus voller Brust sang.

„Deixa a vida me levar
Vida leva eu
Sou feliz e agradeço
Por tudo que Deus me deu."

Lass das Leben mich nehmen,
das Leben nimmt mich.
Ich bin glücklich und dankbar
für alles, was Gott mir gegeben hat.

Als der letzte Laut verklungen war, wurde der Deckel aufgesetzt, der Sarg zur Kremation gebracht. Ich hatte Fernando Ferrari zum letzten Mal gesehen.

23

Wegen eines Feiertages gibt es ein verlängertes Wochenende. Márcia und ich fahren nach Torres. Hinter Osorio kommen wir an dem Schild ‚Retorno' vorbei. Aber ich habe Gott sei Dank keinen Grund umzukehren. Wir mieten ein Zimmer im ‚Farol'. Ich spreche mit dem Portier, der das Attentat beobachtet hatte.

„Tudo aconteceu muito rápido demais." – Es geschah alles viel zu schnell.

Er hatte sich noch nicht einmal das Nummernschild merken können und wusste auch nicht, ob das Motorrad überhaupt eins hatte. Einmal habe ich mit João Torres, dem Kommissar, telefoniert. „Tut mir leid", sagte er. „Wir können nichts beweisen, gehen aber davon aus, dass der Vater des Mädchens den Mord in Auftrag gegeben hat. Er wollte nicht, dass Herr Rossi mit seiner Tochter verschwindet."

Márcia und ich fahren morgens zum Kaffee an der Strand von Praia da Guarita. Es ist ein wildes Naturschutzgebiet mit Buchten und Felsen. Einmal lasse ich mir von einer schönen, brasilianischen Zigeunerin ein Armband um das rechte Handgelenk knüpfen. In den Farben des Rio Grande do Sul. Rot, gelb, grün. Die große, schlanke, junge Frau hat Rastalocken, die weit über die Schultern fallen. Sie ist mit Tattoos und Piercings geschmückt, trägt einen langen Rock, der den Bauch freilässt, und ein farbenfrohes T-Shirt, auf dem hinten ‚Bob Marley' steht. Ein süßes Weib. Für Márcia kaufe ich einen Ohrhänger mit einer kleinen Muschel und einer Vogelfeder in einem zarten, leuchtenden Rot. Es steht ihr wunderbar. Der Federschmuck ist vom Guara, einem Vogel, dem die Mythen nachsagen, er habe sein Federkleid bekommen, weil er immerzu Gambas verzehrt.

Auf der Hotelterrasse ist abends rund um den Pool der Teufel los. Es wird gelacht, erzählt, gesungen, zu Sambarhythmen getanzt. Brasilianisches Leben. I like it.

Am Strand suche ich nach der Zigeunerin, will ein Foto von ihr machen, finde sie aber nicht mehr. Sie gehört zu den Schönheiten, die einen Mann verwunden können. Ich kann Fernando verstehen, dass er an dem Schild umgekehrt ist und die Mulattin mitgenommen hat. Vielleicht wäre ich auch in Versuchung geraten.

24

Die brasilianische Demokratie stabilisierte sich wieder. Die Bolsonaristas hatten das Gegenteil von dem erreicht, was sie gewollt hatten. Eine Säuberungswelle kam bei der Polícia Federál und dem Militär. Die Bolsonaro-Anhänger wurden nach und nach ersetzt. Anderson Torres, Exminister unter Bolsonaro, wurde per Haftbefehl gesucht. Der Chef der Militärpolizei wanderte in den Knast. Von den Vandalen des 8. Januar saßen schon etliche im Gefängnis. Wohin würde Bolsonaro gehen können, wenn die USA ihn abschob? Nach Nordkorea? Er hatte eine düstere Zukunft. Er hatte den Mob angestachelt und der Mob war einfach nur blind und dumm. Die Zustimmung für Lula wurde einheitlicher und größer. Brasilien war wieder ‚Bemvindo ao mundo‘, willkommen in der Welt. Die deutsche ‚Tagesschau‘ berichtete nur über den 8. und 9. Januar getreu dem Motto ‚bad news are good news‘. Was das stündliche Stakkato krisenhafter Nachrichten in den Köpfen, Herzen und Seelen der Menschen wohl anrichtet? Nichts Gutes.

Miriam war nach gegenüber in Fernandos Haus gezogen. Ich hatte tagelang damit zu tun, die Bücher und Regale rüberzuschaffen und alles im Kaminzimmer, wo ich mir eine gemütliche Lese-Ecke einrichtete, wieder aufzubauen. Mona Lisa wurde von mir gewaschen, gekämmt, mit dem besten vitaminreichen Futter versorgt und sah nach einiger Zeit etwas hübscher aus. Sie konnte im Garten und auf der Terrasse frei herumlaufen, unterließ das lästige, nächtliche Bellen und hatte auch eine eigene, geräumige Hütte für die Tage, an denen es regnete.

In einem Anflug von Eifersucht meinte Márcia einmal: „Gut, dass dir Miriam die Bücher gegeben hat und nicht den Schlüssel zum Haus, damit du dir immer wieder mal was ausleihen kannst."

„Ich bin kein Ferrari", hatte ich nur geantwortet.

Die Luxuskarosse mit ihrer zerschossenen Frontscheibe hat Fernandos Frau verkauft. Für wieviel, weiß ich nicht und auch, was sie von den Millionen oder dem Rest geerbt hat, ist mir unbekannt. Auf jeden Fall schien es ihr gut zu gehen. Sie musste nicht arbeiten, hatte sich einen VW-Bus zugelegt, war oft unterwegs. Mit der Zeit wurden Márcia und sie Freundinnen. Dann war ich im Haus von drei Frauen umgeben, was mir recht gut gefiel. Auch Isabella, die anscheinend nonnenhafte Ambitionen hatte und keinen festen Freund haben wollte, war an den Abenden auf der Terrasse meist mit dabei.

Neben dem Unterricht am Goethe-Institut las ich viel, verschlang bald auch die englischen Bücher und begann Italienisch zu lernen. Meine Lieblingslektüre aber blieb ‚Nachtzug nach Lissabon'.

„Wenn es so ist, dass wir nur einen kleinen Teil von dem leben können, was in uns ist – was geschieht mit dem Rest?"

Dass wir nur einen ‚kleinen Teil' leben können, dem konnte ich nicht zustimmen. Ich lebte auch den Rest. Meine sizilianische Verführungstat hatte eine angenehme Wende eingeleitet. Und so saß ich abends auf der Terrasse am Guaíba, rauchte Maconha, trank Gin mit Tonic-Water und hatte die Gesellschaft von drei reizenden Brasilianerinnen. Bewusst aber blieb mir aus dem ‚Nachtzug':

„Unser Leben, das sind flüchtige Formationen aus Treibsand, von einem Windstoß gebildet."

www.ruediger-schneider.net